U0032473

荒 原

The Waste Land

T. S. Eliot

杜國清 譯

THE WASTE LAND

BY

T. S. ELIOT

"NAM Sibyllam quidem Cumis ego ipse oculis meis
vidi in ampulla pendere, et cum illi pueri dicerent:
Σίβυλλα τί θέλεις; respondebat illa: ἀποθανεῖν θέλω."

NEW YORK
HORACE LIVERIGHT

CONTENTS

The Waste Land
1922

"Nam Sibyllam quidem Cumis ego ipse oculis meis vidi

in ampulla pendere, et cum illi pueri dicerent: Σιβυλλα

τι θελεις; respondebat illa: αποθανειν θελω."

For Ezra Pound

il miglior fabbro.

荒原
1922

「在庫瑪耶我親眼看見那位女巫

被吊在甕中，每當孩童問她：女巫姑，妳想怎樣？

她總是回答說：我想死啊。」

　給艾茲拉‧龐德（Ezra Pound）

　更靈巧的名手。

· I ·

The Burial of the Dead

埋葬

I
The Burial of the Dead

April is the cruellest month, breeding

Lilacs out of the dead land, mixing

Memory and desire, stirring

Dull roots with spring rain.

5. Winter kept us warm, covering

Earth in forgetful snow, feeding

A little life with dried tubers.

Summer surprised us, coming over the Starnbergersee

With a shower of rain; we stopped in the colonnade,

10. And went on in sunlight, into the Hofgarten,

And drank coffee, and talked for an hour.

Bin gar keine Russin, stamm' aus Litauen, echt deutsch.

And when we were children, staying at the arch-duke's,

My cousin's, he took me out on a sled,

15. And I was frightened. He said, Marie,

I
埋葬

四月最是殘酷的季節，孕育著

紫丁香於死寂的土原，摻雜著

追憶與慾情，以春雨

撩撥萎頓的根莖。

5. 冬天使我們溫暖，覆蓋著

大地以遺忘的雪泥，以

枯乾的球根滋養短暫的生命。

夏天突然襲來，從史坦勃爾格‧熱湖那邊

帶來一陣驟雨；我們在柱廊裡避雨，

10. 太陽一出，又走進荷芙公園，

喝了咖啡，聊了一小時。

我不是露西亞人，立陶宛出身，我是道地的德國人。

我們幼年時，住在我的堂兄

大公的宅邸，他帶我出去坐雪橇

15. 我真的害怕。他說，瑪琍亞，

I
The Burial of the Dead

Marie, hold on tight. And down we went.

In the mountains, there you feel free.

I read, much of the night, and go south in the winter.

What are the roots that clutch, what branches grow

20. Out of this stony rubbish? Son of man,[1]

You cannot say, or guess, for you know only

A heap of broken images, where the sun beats,

And the dead tree gives no shelter, the cricket no relief,

And the dry stone no sound of water.[2] Only

25. There is shadow under this red rock,

(Come in under the shadow of this red rock),

And I will show you something different from either

Your shadow at morning striding behind you

Or your shadow at evening rising to meet you;

I
埋葬

瑪琍亞，緊緊扶著呀。就這樣我們滑了下去。

在那山中，誰都感到逍遙自在。

夜裡我大半看書，冬天就到南方。

　　這些蟠纏的根鬚是什麼？從這亂石的

20. 廢堆裡生出什麼枝椏？人子喲

祢說不出，祢無從猜想，因祢知道的

只是一堆破碎的形象，曝晒在烈日下，

那裡枯木不能成蔭，蟋蟀給不了安慰，

而乾燥的岩石沒有水聲。只有

25. 影子在這紅色的岩石下，

（走進這紅色岩石的影子裡吧），

我將顯示給你某種異樣的東西，

那不是早晨在你背後大踏步的你的影子

也不是傍晚在你面前迎遇你的你的影子；

I

The Burial of the Dead

30. I will show you fear in a handful of dust.

Frisch weht der Wind

Der Heimat zu

Mein Irisch Kind,

Wo weilest du? [3]

35. "You gave me hyacinths first a year ago;

"They called me the hyacinth girl."

—Yet when we came back, late, from the Hyacinth garden,

Your arms full, and your hair wet, I could not

Speak, and my eyes failed, I was neither

40. Living nor dead, and I knew nothing,

Looking into the heart of light, the silence.

Oed' und leer das Meer.[4]

Madame Sosostris, famous clairvoyante,

I
埋葬

30. 我要顯示給你的只是一把骨灰的恐怖吧了。

　　　微風清爽地吹著

　　　吹向了家鄉，

　　　我愛爾蘭之子喲

　　　你停泊何方？

35. 「一年前你首先給我風信子花；

　「以後人家就叫我風信子姑娘。」

　　——可是後來我們從風信子花園回來，

　　妳手臂抱滿了花，頭髮潤濕，我說不出

　　話來，兩眼迷茫，活著麼？

40. 死了麼？我什麼也不知道，

　　只是望著那光的核心——寂靜。

　　那海洋空無而荒涼。

　　　叟索斯特力士夫人，有名的千里眼，

I

The Burial of the Dead

Had a bad cold, nevertheless

45. Is known to be the wisest woman in Europe,

With a wicked pack of cards.[5] Here, said she,

Is your card, the drowned Phoenician Sailor,

(Those are pearls that were his eyes. Look!)

Here is Belladonna, the Lady of the Rocks,

50. The lady of situations.

Here is the man with three staves, and here the Wheel,

And here is the one-eyed merchant, and this card,

Which is blank, is something he carries on his back,

Which I am forbidden to see. I do not find

55. The Hanged Man. Fear death by water.

I see crowds of people, walking round in a ring.

Thank you. If you see dear Mrs. Equitone,

Tell her I bring the horoscope myself:

I
埋葬

患了重感冒，仍然公認為

45. 歐洲最賢慧的女人，

占算著一疊邪惡的紙牌。呃，她說

這張是你的牌，溺死的腓尼基水手，

（你看！他的眼眸成了珍珠。）

這張是貝拉多娜，岩間美女，

50. 歷經滄桑的美人。

這張是三支杖的男人，這張是輪盤

這張是獨眼商人，而這一張

空白的紙牌是他拿在背後的東西，

不能給我看到。我找不到那張

55. 絞首的男人哇。怕是被水淹死囉。

我看到了成群的人們，捲成漩渦走著。

謝謝你。要是碰到伊瑰夫人

就告訴她我會親自帶去她的命運星座：

I

The Burial of the Dead

One must be so careful these days.

60.   Unreal City,[6]

Under the brown fog of a winter dawn,

A crowd flowed over London Bridge, so many,

I had not thought death had undone so many.[7]

Sighs, short and infrequent, were exhaled,[8]

65.   And each man fixed his eyes before his feet.

Flowed up the hill and down King William Street,

To where Saint Mary Woolnoth kept the hours

With a dead sound on the final stroke of nine.[9]

There I saw one I knew, and stopped him, crying: "Stetson!

70.   "You who were with me in the ships at Mylae!

"That corpse you planted last year in your garden,

"Has it begun to sprout? Will it bloom this year?

I
埋葬

這年頭大家都得非常小心哪。

60.   虛幻的都市

在冬天黎明時那鳶色的霧中

人群湧過了倫敦橋上,那麼多,

我沒想到死還沒處置的人有那麼多。

偶爾吐出短促的嘆息,

65. 每個人的眼睛盯住腳前。

湧上了山坡,又湧下威廉王街,

再湧到聖瑪琍‧宇諾斯教堂

彌撒的鐘聲在最後第九下敲出死沉沉的餘音。

那裡我遇到一個熟人,「史替生!」就這叫住他。

70. 「美拉耶海戰時你我在同一艦隊呀!

「去年你在花園裡種下的屍體,

「已經長芽了嗎?今年會開花嗎?

I

The Burial of the Dead

"Or has the sudden frost disturbed its bed?

"Oh keep the Dog far hence, that's friend to men,[10]

75.   "Or with his nails he'll dig it up again!

"You! hypocrite lecteur!—mon semblable, —mon frère!" [11]

I
埋葬

「或是突然下了霜把苗床毀壞啦?

「呃,狗雖是人類的朋友,可別讓牠接近,

75. 「不然狗爪準會把它又挖了出來!

「諸位!偽善的讀者喲!——我的同胞,——我的兄弟

喲!」

I

The Burial of the Dead

原註

1. 參照舊約《以西結書》二章一節。

2. 參照舊約《傳道書》十二章五節。

3. 見《瑞斯坦與依素蒂》I，五至八行。

4. 同書III，二十四行。

5. 對於「泰樂牌」的組構我不確知；顯然有所區別地我所使用的是基於自己的方便上。古來這種紙牌中那一張「絞首的男人」有兩方面適合我的目的：（一）這個被吊死的男人在我心中與 Frazer 的「絞死的神」聯想在一起；（二）與第五部弟子們赴阨瑪塢的旅程中包著頭巾的人物聯想在一起。腓尼基水手與商人後來才出現；「人群」也是，而水死在第四部處理。「三支杖的男子」（泰樂牌中可信的人物）我獨斷地與漁夫王聯想在一起。

6. 參照波特萊爾：
    「人群蠢動的都市，充滿了夢的都市。
    「那裡，白天幽靈纏住了路人。」

7. 參照《神曲・地獄篇》三章五五─五七行：
    「死人長長的行列
    要不是我親眼看見，真不相信
    死已經處置了那麼多人。」

8. 參照地獄篇四章二五─二七行：

I
埋葬

「這裡聽不到抱怨和哀號
「也沒有悲傷的聲音，只有歎息
「永遠顫動著慘淡的空氣。」

9.　我時常注意到的一個現象。

10.　參照 Webster 的悲劇《白魔》中的輓歌。

11.　見波特萊爾《惡之華》序。

I

The Burial of the Dead

譯註

「四月最是殘酷的季節⋯⋯枯乾的球根滋養短暫的生命」:

　　開始這七行描寫荒地的風景。四月所以「最是殘酷」是因為「孕育著紫丁香於死寂的土原」;但以漁夫王「摻雜著追憶與慾情」的心境當能體驗其「殘酷」的意義。反過來說,「覆蓋著大地以遺忘的雪泥」的冬天所以「使我們溫暖」是因為「枯乾的球根滋養短暫的生命」—— 荒原上那種冬眠狀態的生,無異是死,但對荒原上的人們來說,具有無限的魅力。〈荒原〉全篇便是從這種隱藏在逆說性表現的背後,以絕望的敏銳的觀察做為出發點,處理有意思的生與無意味的生對立的主題。

「史坦勃爾格・熱湖那邊⋯⋯夜裡我大半看書⋯⋯」:

　　這十一行詩中的主人公以「第一人稱」「意識流」的形式敘述追憶。
　　「史坦勃爾格・熱湖」,在德國。距巴華利州首府慕尼黑五十公里有個史坦勃爾格鎮,是有名的療養地方。有神經痛療養所、溫泉等。詩中主人公到那裡遊玩時,與那位德國姑娘的談話成為記憶,浮現在主人公的腦裡。
　　所謂「大公」指巴華利地方的大公。「公園」指大公宅邸裡的公園。
　　詩中提到的「驟雨」,「柱廊」在荒地上該是不存在的東西,只有在「追憶」中才有。而主人公回憶與瑪琍亞對話的部分,與乾燥不毛的荒地比起來,具有幼年時代所特有的「逍遙自在」的情緒。

I
埋葬

「這些蟠纏的根鬚……我要顯示給你的只是一把骨灰的恐怖吧了。」:

這十二行第一次表現出荒原的主題,暗示著死亡,不能再復活的真正的死亡。

「人子」出自舊約以西結書第二章第一節:「他對我說,人子啊!你站起來,我要和你說話。」又三十七章第三節:「他對我說,人子啊,這些骸骨能復活麼?我說,主耶和華啊,你是知道的。」聖經上的「人子」(son of man) 指將以色列人帶回上帝的先知以西結。但詩中的「人子」(Son of man) 當指耶穌,其教堂以第一次大戰後的景象而言,已成廢墟。傳道書十二章中要人在「蚱蜢成為重擔,人所願的也都廢掉」之前,宜念造化之主;但在現世的荒原中,「破碎的形像,曝晒在烈日下,那裡枯木不能成蔭,蟋蟀給不了安慰,而乾燥的岩石沒有水聲」,豈不是應驗了以西結的預言:「主耶和華對大山,小岡,水溝,山谷如此說:我必使刀劍臨到你們,必也毀滅你們的祭壇。你們的祭壇必然荒涼,你們的偶像必被打碎,我要使你們被殺的人倒在你們的偶像面前……。」 (六章三至四節)

「微風清爽地吹著……那海洋空無而荒涼。」:

這十二行突然轉變為愛與死的主題。前四行取自華格納的歌劇《瑞斯

I

The Burial of the Dead

坦與依素蒂》：故事敘述瑞斯坦與公主依素蒂的戀愛。依素蒂原已與瑞斯坦的叔叔馬克王訂婚，歌劇開始時瑞斯坦受命引依素蒂登愛爾蘭駛往康俄爾的船。詩中的引句即是水手在船上所唱的歌，途中依素蒂舊戀重萌，到了康俄爾與瑞斯坦會於馬克王的花園──一如詩中的風信子花園──未幾事洩，於決鬥中瑞斯坦受到致命傷，被帶到布列塔尼，等待著依素蒂來到。一個放羊的進來報告說看不到她的船影──「那海洋空無而荒涼。」──與第一句「微風清爽地吹著」預兆幸福的愛情正好形成對比。這個歌劇故事描出愛與死的輪廓。瑞斯坦受了傷，只有依素蒂才能救治他。這也是漁夫王唯一的希望。但愛與希望在痛苦中粉碎了。瑞斯坦的死暗示穀神之死；大寫的「風信子」暗示植物神與愛的犧牲。「風信子姑娘」毫無疑問地，是個聖杯持有者，能追求到聖杯的就可擁有她。但是當她手臂中抱滿了穗狀的，具有性象徵的花時，詩中的主人公，聖杯的追求者，像是漁夫王的他，暴露了追求聖杯失敗的情緒和反應：「說不出話來，兩眼迷茫……」，他在花園裡接受他的創傷，在荒地裡沉思他的廢墟。

「活著麼？死了麼？我什麼也不知道」：

　　參照但丁《神曲‧地獄篇》三四章二十五行：「我並沒有死，我卻失去了生。」

「只是望著那光的核心──寂靜」：

　　參照但丁《神曲‧淨界篇》十二章二十八行：「在那光的核心，發出一

I
埋葬

種聲音。」

「叟索斯特力士夫人……這年頭大家都得非常小心哪。」：

這十七行描寫千里眼的「叟夫人」以紙牌占卜的插曲。那種紙牌叫做「泰樂牌」，原是埃及人用以預言尼羅河底漲落，今吉普賽人仍用以占卜。

「叟索斯特力士夫人」（Madame Sosostris），奇怪地具有男性的名字，來自埃及國王 Sesostris。艾略特在詩中的用法，典出 Aldous Huxlexy 的 *Crome Yellow*（1921）書中有趣的一幕：書中假慈悲的史克剛在銀行假日一次慈善性的義賣市場裡，打扮成吉普賽女人，自稱是「Sesostris the Sorceress of Ecbatana」能預言吉凶禍福。這個典故具有扮性的主題，在原註「提瑞西斯」中可得到呼應。叟夫人雖不是年輕的，仍象徵「再生」，是風信子姑娘的翻版；她手中的泰樂牌具有性的呪符的意義，無疑地也是聖杯持有者，手中握有許多象徵，相當於風信子花的。

這一節仍表現死的主題。「溺死的腓尼基水手」即水死之一例。

「貝拉多娜，岩間美女，歷盡滄桑的美人。」：

暗示克麗奧派特拉或黛杜。這些都是 Pater 的「摩娜麗莎」，所謂近代精神之謎的暗示。「貝拉多娜」（Belladonna）含有毒草茛蓿類植物的意思。不論是「貝拉多娜」也好，「岩間美女」也好，「歷盡滄桑的美人」也好，都是暗示不能生子的，不毛之地一般的女人。「三支杖的男人」原註與漁夫王聯想在一起，或暗示「三肢杖」（the triple phallused）的男人。

I

The Burial of the Dead

「輪盤」可解釋為世上生命的象徵，意味佛教的輪迴。

「獨眼商人」與「腓尼基水手」聯結在一起，暗示慾的主題。在第二部所做的「生意」或許就是不能讓叟夫人看到的秘密。

「絞首的男人」原註與「絞首的神」聯想在一起，暗示被埋葬的豐作神；另一方面與第五部弟子們赴阨瑪塢的旅程中包著頭巾的人物聯想在一起。這是叟夫人找不到的一張，顯示這位千里眼看不到的事情。

「虛幻的都市……諸位！偽善的讀者喲！……」：

這十七行處理頹廢的都市的憂鬱，一如波特萊爾在〈七個老頭兒〉（Les Sept Vieillards）中描寫的巴黎的憂鬱景色。

「虛幻的都市」正是原註中波特萊爾的「充滿了夢的都市」，那也是個幽魂的地獄，只是住的是一些「死還沒處置的人」吧了。如此與《神曲‧地獄篇》三、四兩章所描寫的情況聯想在一起。

「聖瑪琍‧宇諾斯教堂」：

代表聖杯故事中的城堡。那是追尋者必須跨過水才能到達的地方，正像這些人群湧過了倫敦橋上。

「史替生」：

現代人的代表，地獄裡的懦夫（第三章）。他在花園裡種下的屍體

（表現埋葬的主題），該是屬於「絞首的神」的。在古代祭祀中，將豐作神 Osiris 的芻像埋葬在地下，以求大地復生。

「美拉耶海戰」：

指羅馬人在西西里島美拉耶地方打敗迦太基的海戰，史替生暗示第一次世界大戰戰友，如此將過去與現在予以聯在一起。「你我在同一艦隊」：暗示彼此命運相關。戰爭的慘酷古今相同；人類的命運不分彼此。因此史替生的遭遇，正是千萬人的遭遇，而讀者即是同胞，即是兄弟，一切的境遇繫於共同的命運。

「狗雖是人類的朋友，可別讓牠接近」：

若埋葬的是神的屍體，則狗爪挖墳顯然褻瀆神物。若埋葬的是聖杯的追尋者，則狗爪揭露他在風信子花園中失敗的羞辱和恐懼。此外，狗在原始文化上與狼都被認為是植物發生的精靈，且在古代有狗吠預告地震的傳說。

總之，這一節反覆著死與豐作神的主題。埋葬屍骸暗示對現實世界中戰爭殺人，棄屍遍野的諷刺。

· II ·

A Game of Chess

棋戲

II
A Game of Chess

The Chair she sat in, like a burnished throne,[12]

Glowed on the marble, where the glass

Held up by standards wrought with fruited vines

From which a golden Cupidon peeped out

5.   (Another hid his eyes behind his wing)

Doubled the flames of sevenbranched candelabra

Reflecting light upon the table as

The glitter of her jewels rose to meet it,

From satin cases poured in rich profusion;

10.   In vials of ivory and coloured glass

Unstoppered, lurked her strange synthetic perfumes,

Unguent, powdered, or liquid—troubled, confused

And drowned the sense in odours; stirred by the air

That freshened from the window, these ascended

15.   In fattening the prolonged candle-flames,

II
棋戲

她的坐椅，像是光澤四射的王座，

在大理石上亮著，支持粧鏡的

柱腳雕飾著葡萄纍纍的藤蔓

從那兒一個金色邱比特探出臉來

5.　（另一個把眼睛矇藏在翼蔭下）

鏡中照耀著七柱燭台的雙重

火焰，將光芒反射在桌上

與她的緞盒子紛紛傾出的

珠光寶氣交輝互映。

10.　象牙與彩色玻璃的化粧瓶

拔開塞子，其中隱藏著她所使用的

奇妙的人造香水，潤油，粉和液劑——

使感官困擾，混亂，淹溺在各種香氣裡；

被窗外清爽地吹進來的風所撩動，

15.　這些香氣上升，使那修長的燭火肥大地燃燒，

II
A Game of Chess

Flung their smoke into the laquearia,[13]

Stirring the pattern on the coffered ceiling.

Huge sea-wood fed with copper

Burned green and orange, framed by the coloured stone,

20. In which sad light a carvéd dolphin swam.

Above the antique mantel was displayed

As though a window gave upon the sylvan scene [14]

The change of Philomel,[15] by the barbarous king

So rudely forced;[16] yet there the nightingale

25. Filled all the desert with inviolable voice

And still she cried, and still the world pursues,

"Jug Jug" to dirty ears.

And other withered stumps of time

Were told upon the walls; staring forms

30. Leaned out, leaning, hushing the room enclosed.

II
棋戲

縷縷的焰煙吹向方格天花板，

擾亂了鑲板上的模樣。

與銅一起餵進爐裡的粗大海底木

燃燒出綠色和橙紅，周圍框著彩色的石子，

20. 在那悲哀的光中，一隻雕刻的海豚浮泳著。

飾掛在古雅的暖爐棚上的繪畫

有如從窗子俯瞰森林景色一般

那是菲露美的變形，當她被野蠻的國王，

如此殘酷地逼迫成夜鶯；然而夜鶯

25. 那神聖不可侵犯的泣聲響遍荒野，

她不停地悲啼，人類不停地在後面追逐，

「嗟嗟」地醜惡的耳朵都聽到了。

其他的畫描繪現世的枯朽殘株

也掛在牆上；那些炯炯凝視的形象

30. 探出來，倚靠著，將房間四周噓得靜悄悄。

II
A Game of Chess

Footsteps shuffled on the stair.

Under the firelight, under the brush, her hair

Spread out in fiery points

Glowed into words, then would be savagely still.

35. "My nerves are bad tonight. Yes, bad. Stay with me.

"Speak to me. Why do you never speak. Speak.

  "What are you thinking of? What thinking? What?

"I never know what you are thinking. Think."

  I think we are in rats' alley [17]

40. Where the dead men lost their bones.

  "What is that noise?"

                    The wind under the door.[18]

II
棋戲

梯階上傳來拖踏的足音。

照著火光，她梳過的頭髮

像火焰的尖芒披散著，

亮光迸出話語，隨後又恢復了可怕的寂靜。

35.　　　「今晚我的心情煩悶，真的很煩悶。陪陪我吧。

「跟我聊聊吧。你怎麼老不開口呢。說話呀。

　　　「你在想什麼？想什麼？什麼事啊？

「想什麼總不讓我知道。好好想吧。」

　　　我想我們住在鼠巷裡

40.　那是死人失去骸骨的地方。

　　　「那是什麼聲響？」

　　　　　　　　門腳下的風吧。

II
A Game of Chess

"What is that noise now? What is the wind doing?"

Nothing again nothing.

45.   "Do

"You know nothing? Do you see nothing? Do you remember

"Nothing?"

   I remember

Those are pearls that were his eyes.

50.   "Are you alive, or not? Is there nothing in your head?" [19]

                                      But

O O O O that Shakespeherian Rag—

It's so elegant

So intelligent

55.   "What shall I do now? What shall I do?"

"I shall rush out as I am, and walk the street

II
棋戲

「那又是什麼聲響？風在那兒做什麼呢？」

　　　　　　　沒有啊什麼也沒有啊。

45.　　　　　　　　　　　　「你呀

「什麼也不知道？什麼也沒看到？什麼也沒

「記著？」

　　我記起

他的眼眸成了珍珠。

50.「你活著麼？死了麼？你腦裡什麼都沒有啦？」

　　　　　　　　　　　　　只有

哦哦哦哦莎士比亞那傢伙的爵士樂——

多麼優美啊

多麼知性啊

55.「現在我怎麼辦呢？怎麼辦呢？」

「我就這麼衝出去，在街上走

II
A Game of Chess

"With my hair down, so. What shall we do tomorrow?

"What shall we ever do?"

The hot water at ten.

60. And if it rains, a closed car at four.

And we shall play a game of chess,[20]

Pressing lidless eyes and waiting for a knock upon the door.

When Lil's husband got demobbed, I said—

I didn't mince my words, I said to her myself,

65. HURRY UP PLEASE ITS TIME

Now Albert's coming back, make yourself a bit smart.

He'll want to know what you done with that money he gave you

To get yourself some teeth. He did, I was there.

You have them all out, Lil, and get a nice set,

70. He said, I swear, I can't bear to look at you.

II
棋戲

「披著散髮。我們明天做什麼呢？

「到底我們做什麼好呢？」

　　　　　　　　　十點鐘熱水。

60. 要是下雨，四點鐘一輛轎式汽車。

然後我們來玩一盤棋戲，

勉強睜著眼瞼，等待著門上的叩響。

　　當麗兒的丈夫復員回來，我說──

我毫不吞吐，我親自跟她說，

65. **時間到了趕快吧**

現在阿博就要回來了，打扮漂亮一點啊。

他要知道給妳裝假牙的錢

妳怎麼用了。在我面前，他不是這麼說過嗎？

麗兒，妳把牙齒整個拔掉，另外裝上好看的假牙吧，

70. 他說，真的，妳那面孔難看死了。

II
A Game of Chess

And no more can't I, I said, and think of poor Albert,

He's been in the army four years, he wants a good time,

And if you don't give it him, there's others will, I said.

Oh is there, she said. Something o' that, I said.

75. Then I'll know who to thank, she said, and give me a straight
look.

HURRY UP PLEASE ITS TIME

If you don't like it you can get on with it, I said.

Others can pick and choose if you can't.

But if Albert makes off, it won't be for lack of telling.

80. You ought to be ashamed, I said, to look so antique.

(And her only thirty-one.)

I can't help it, she said, pulling a long face,

It's them pills I took, to bring it off, she said.

(She's had five already, and nearly died of young George.)

II
棋戲

說的是呢，我說，想想可憐的阿博吧

他當了四年兵啦，需要一些安慰，

要是妳不能給他，別的女人會給的，我說。

哦，有那樣的女人嗎？她說。好像有呢，我說。

75.　不知那是誰，我得向她說謝，麗兒這麼說著，睨視著我。

時間到了趕快吧

假如不願意那樣，妳就好好對待他吧，我說。

假如你不能，別的女人可會看中他把他搶去喲。

假如阿博逃掉了，那可不是沒有跟你說的。

80.　妳看來那樣面老，實在不像樣，我說。

（麗兒不過三十一歲吧了。）

我有什麼辦法呢，她拉長著臉，

都是為了避孕吃藥的啊，這麼說。

（她已經生了五胎，幾乎因最小的喬治難產死去。）

II
A Game of Chess

85. The chemist said it would be all right, but I've never been the

    same.

    You are a proper fool, I said.

    Well, if Albert won't leave you alone, there it is, I said,

    What you get married for if you don't want children?

    HURRY UP PLEASE ITS TIME

90. Well, that Sunday Albert was home, they had a hot gammon,

    And they asked me in to dinner, to get the beauty of it hot—

    HURRY UP PLEASE ITS TIME

    HURRY UP PLEASE ITS TIME

    Goonight Bill. Goonight Lou. Goonight May. Goonight.

95. Ta ta. Goonight. Goonight.

    Good night, ladies, good night, sweet ladies, good night, good

    night.

II
棋戲

85. 藥劑師說那不會有問題的，可是身體一直就不像從前了。

妳真是個傻瓜，我說。

還好，阿博沒讓你孤守空房，那只有這樣子了，我說，

若不想要孩子，何必結婚呢？

時間到了趕快吧

90. 對了，阿博休假回來的那個禮拜天，他們做了一道熱火腿，

請我吃飯，飽嘗了一頓熱騰騰的美餐——

時間到了趕快吧

時間到了趕快吧

碧兒再見。露兒再見。美兒再見。再見。

95. 拜拜。再見。再見。

再見，小姐們，再見，親愛的小姐們，再見，再見。

II
A Game of Chess

原註

12. 參照莎士比亞《安東尼與克麗奧佩特拉》二幕二景一九〇行。

13. 「方格天花板」(Laquearia)。見魏吉爾《伊尼亞德》一章七二六行:「亮燈從金黃的方格天花板上落下來,閃耀的火把驅逐了夜。」

14. 「森林景色」見密爾頓《失樂園》四卷一四〇行。

15. 見奧維德《變形記》第六 Philomela。

16. 參照第三部二〇四行。

17. 參照第三部一九五行。

18. 參照 Webster「風仍在那個門口吹著麼?」

19. 參照第一部三七行、四八行。

20. 參照 Middleton《女人謹防女人》中的西洋棋戲。

II
棋戲

譯註

第二部「棋戲」表現的是社會上下兩層沒有愛的性生活，尤其是結了婚的性生活。聖杯的追尋者失去風信子姑娘之後，在這裡又找到了一個聖杯持有者，她可能就是貝拉多娜，「歷盡滄桑的美人」。

「她的坐椅……亮光迸出話語……」：

這三十四行描寫這個頹廢的，沒有子女的，貴婦人的生活，顯示近代荒原的一面。

「菲露美的變形」：

暗示性的強暴。菲露美，雅典王的女兒，普露尼之姊，曾見虐於普露尼的丈夫特魯（Tereus），切斷她的舌頭。菲露美與普露尼姊妹為了復仇，將特魯的親生子作餐給特魯吃。當特魯追逐時，諸神將菲露美化成燕，普露尼化為夜鶯，而特魯則化作戴勝或鷹。依奧維德之說，化為夜鷹的是菲露美。「枯朽殘株」：象徵菲露美的舌頭，暗示「破碎形象」。

「今晚我的心情煩悶，真的很煩悶……想什麼總不讓我知道……」：

這四行表現女人急躁的，神經質的談話，以及男人的沉默，暗示不諧調

II

A Game of Chess

的一面。

「我想我們住在鼠巷裡……勉強睜著眼瞼……」：

這二十四行將有閑的貴婦人的生活與死的主題聯結在一起。

她那種神經質的對風聲的抱怨，在他心中引生「鼠巷」，「那是死人失去骸骨的地方」的意象；那正是以西結感靈見枯骨復生的景象：「有聲音，有地震……風從四方而來……氣息就進入骸骨，骸骨便活了，並且站起來。」（三十七章）

「他的眼眸成了珍珠」：

出自莎士比亞《暴風雨》一幕二景愛麗兒唱的歌。費迪南一聽到這音樂，便憶起溺死的父王。又是水死的主題。

「爵士樂」是當時開始流行的，所以作者諷刺那也是荒原的一個現象。將愛麗兒唱的輓歌說成「爵士樂」頗有諷刺的意味。

「就這麼衝出去，在街上走……」：

受到他的厭惡的譏諷，她那失去理智的動作，正像瘋狂的黛杜，當伊尼亞遺棄她時。這個意象也使人聯想到馬克白（Macbeth）的狂亂。

II
棋戲

「棋戲」：

　　Middleton 的《女人謹防女人》（II. ii）中，被伯爵誘姦的比安嘉的事，便是發生在她的岳母玩著棋戲而失去注意的時侯。這暗示「盲目」的主題。在艾略特所使用的象徵中，我們可以看出：荒原上的人們屬於一種他們不能了解的棋戲，像棋子般被驅使著，不知目的，也沒有選擇。

「勉強睜著眼瞼」：

　　那是不眠的眼，暗示男女生活中的折磨，等待著死神叩響門聲。

「當麗兒的丈夫復員回來……再見，再見。」

　　這三十四行與前節處理的上流婦人的生活對照，描寫下層社會，酒場中那些女郎的生活和對話。這與性生活仍有關係，尤其是荒原中特有的現象避孕等表現不育與荒瘠的主題。棋子碧兒、露兒、美兒聚集在酒館裡聽關於麗兒與阿博的不幸：麗兒忍受墮胎與換假牙的痛苦，阿博像史替生一直在戰爭中。

「時間到了趕快吧」：

　　是打烊的叫聲。在那些女人談話間，可以聽到這句叫聲。似乎是對她們的談話的諷刺或警告，這是「意識流」創作手法的一個特色。

II
A Game of Chess

「碧兒再見……再見」：

出自《哈姆雷特》四幕五景，奧菲里阿瘋狂的告別，使她想起死去的父親。仍是死的主題。

在第三部中象徵聖杯持有者的人物可分為兩類：一是風信子姑娘，如菲露美、比安嘉和奧菲里阿；一是叟夫人、貝拉多娜或麗兒，如克麗奧派特拉與黛杜。像貝拉多娜旳人物都是不育的尤物，帶給的聯想是慾和激情。把貝拉多娜刻畫成脾氣急躁的憤懣的個性，正是強調這一點。貝拉多娜，一個 Circe 或 Siren，將艾略特的追尋者抓在她的掌圈中。

· III ·

The Fire Sermon

火誡

III
The Fire Sermon

The river's tent is broken: the last fingers of leaf

Clutch and sink into the wet bank. The wind

Crosses the brown land, unheard. The nymphs are departed.

Sweet Thames, run softly, till I end my song.[21]

5.   The river bears no empty bottles, sandwich papers,

Silk handkerchiefs, cardboard boxes, cigarette ends

Or other testimony of summer nights. The nymphs are departed.

And their friends, the loitering heirs of city directors;

Departed, have left no addresses.

10.   By the waters of Leman I sat down and wept . . .

Sweet Thames, run softly till I end my song,

Sweet Thames, run softly, for I speak not loud or long.

But at my back in a cold blast I hear

The rattle of the bones, and chuckle spread from ear to ear.

15.   A rat crept softly through the vegetation

III
火誡

河流的華蓋塌落了：枯葉最後的手指

緊抓著而陷入濕漥的土堤。風無聲地

吹過鳶色的原野。那些水仙子都已離去。

嫵媚的泰晤士河喲，靜靜地流著，直到我歌已盡。

5. 河上不見空瓶或三明治的紙巾漂浮著，

也沒有手絹、硬紙盒、菸蒂

或其他夏夜的證據品。那些水仙子都已離去。

她們的朋友，那些遊手好閒的都市董事的繼承人

也都離去了，沒有留下地址。

10. 我在麗曼湖濱坐著啜泣……

嫵媚的泰晤士河喲，靜靜地流著，直到我歌已盡，

嫵媚的泰晤士河喲，靜靜地流著，聽我淺唱低吟。

可是在背後一陣冷風中我聽到

骸骨的摩擦聲，以及一再傳到耳邊的竊笑。

15. 一隻老鼠靜靜地從草叢中竄過

III
The Fire Sermon

Dragging its slimy belly on the bank

While I was fishing in the dull canal

On a winter evening round behind the gashouse

Musing upon the king my brother's wreck

20.   And on the king my father's death before him.[22]

White bodies naked on the low damp ground

And bones cast in a little low dry garret,

Rattled by the rat's foot only, year to year.

But at my back from time to time I hear [23]

25.   The sound of horns and motors, which shall bring

Sweeney to Mrs. Porter in the spring.[24]

O the moon shone bright on Mrs. Porter

And on her daughter

They wash their feet in soda water [25]

30.   *Et O ces voix d'enfants, chantant dans la coupole!* [26]

III
火誡

在堤上拖著黏黏的腹部，

那時正是冬日黃昏，我在陰沉沉的運河

繞著煤氣工廠後面垂釣，

冥想我兄王的舟破死難

20.　以及在他之前我父王的死喪。

白骨裸露橫陳在海底的屍體，以及

丟棄在乾燥窄小頂樓裡的骸骨

年年只是遭受老鼠的踐踏嘎嘎作響。

可是在背後我一再聽到

25.　摩托車和角笛的警聲將史威尼

帶到浴泉的波夫人那裡。

哦，波夫人，沐浴著月光光

月光光，沐浴著波姑娘

母女的浸腳水，蘇達香

30.　哦，少年合唱的歌聲來自圓頂教堂！

III
The Fire Sermon

Twit twit twit

Jug jug jug jug jug jug

So rudely forc'd.

Tereu

35.   Unreal City

Under the brown fog of a winter noon

Mr. Eugenides, the Smyrna merchant

Unshaven, with a pocket full of currants

C.i.f. London: documents at sight,[27]

40.   Asked me in demotic French

To luncheon at the Cannon Street Hotel

Followed by a weekend at the Metropole.

III
火誡

　　　　　　啐啐啐

　　嗟嗟嗟嗟嗟嗟

　　如此殘忍的逼迫。

　　特魯

35.　　　虛幻的都市

　　在冬日正午鳶色的霧中

　　優珍尼先生，那位士麥納商人，

　　沒刮鬍子，衣袋裡塞滿運交葡萄乾

　　到倫敦的運費與保險金的即付票據，

40.　以粗俗的法國話請我

　　到肯濃街飯店午餐，

　　週末又請我到美脫普旅館。

III

The Fire Sermon

At the violet hour, when the eyes and back

Turn upward from the desk, when the human engine waits

45. Like a taxi throbbing waiting,

I Tiresias, though blind, throbbing between two lives,[28]

Old man with wrinkled female breasts, can see

At the violet hour, the evening hour that strives

Homeward, and brings the sailor home from sea,[29]

50. The typist home at teatime, clears her breakfast, lights

Her stove, and lays out food in tins.

Out of the window perilously spread

Her drying combinations touched by the sun's last rays,

On the divan are piled (at night her bed)

55. Stockings, slippers, camisoles, and stays.

I Tiresias, old man with wrinkled dugs

Perceived the scene, and foretold the rest—

III
火誡

　　紫羅蘭的時刻，當眼睛和背脊

離開桌子向上挪動，當人體發動機

45.　像計程車發動時的搏動等待著，

　　我，提瑞西斯雖是盲人，搏動在兩性間

　　我，年老的提瑞西斯，有著女人萎縮的乳房，能看見

　　在這紫羅蘭的時刻，趕路回家的時刻，

　　當黃昏將水手從海上帶回家；

50.　打字員喝茶時間在家，收拾了早餐的杯盤，

　　點起爐火，打開罐頭裡的食物。

　　她那晾乾的連褲襯衣，危險地展掛在窗外，

　　夕陽以最後的光眸觸撫，

　　長沙發上（晚上，她的床）堆積著

55.　絲襪，拖鞋，短袖襯衣和緊身裙。

　　我，提瑞西斯，乳房萎縮了的老人

　　眼見這種情景，能夠預言此後的事情——

III

The Fire Sermon

I I too awaited the expected guest.

He, the young man carbuncular, arrives,

60. A small house agent's clerk, with one bold stare,

One of the low on whom assurance sits

As a silk hat on a Bradford millionaire.

The time is now propitious, as he guesses,

The meal is ended, she is bored and tired,

65. Endeavours to engage her in caresses

Which still are unreproved, if undesired.

Flushed and decided, he assaults at once;

Exploring hands encounter no defence;

His vanity requires no response,

70. And makes a welcome of indifference.

(And I Tiresias have foresuffered all

Enacted on this same divan or bed;

III
火誡

我也在等待會到來的客人。

他，那位滿臉面皰的年輕人，來了，

60. 一個矮小的房產介紹所的職員，眼邪膽大的傢伙，

下流人物之一，妄自尊大充滿信心，

有如布拉福德的暴發戶戴著大禮帽。

現在正是個好時機，一如他猜想的，

飯後她一定感到無聊和懶散，

65. 努力向她誘施愛撫的動作

總不致拒絕，即使她不想要。

一陣耳熱他下了決心馬上出擊；

試探的手並沒遭遇到任何抵抗；

他的自負不需要任何反應，

70. 她的冷淡他倒認為是歡迎。

（這張長沙發或是床上所作所為，

我，提瑞西早就經驗過啦；

III
The Fire Sermon

I who have sat by Thebes below the wall

And walked among the lowest of the dead.)

75. Bestows one final patronising kiss,

And gropes his way, finding the stairs unlit . . .

She turns and looks a moment in the glass,

Hardly aware of her departed lover;

Her brain allows one half-formed thought to pass:

80. "Well now that's done: and I'm glad it's over."

When lovely woman stoops to folly and [30]

Paces about her room again, alone,

She smoothes her hair with automatic hand,

And puts a record on the gramophone.

85.   "This music crept by me upon the waters" [31]

III
火誡

我曾經坐在西庇斯城牆下，

也曾經在最卑賤的死屍之間走著。）

75. 恩人似的給她一個最後的吻別

他摸索地走下了沒燈光的梯階……

她轉過身來稍微照照鏡子，

似乎沒注意到情人已離去；

她的腦裡浮現出一個片斷的思緒：

80. 「還好，就這麼一回事，過了我倒高興。」

當可愛的女人放蕩一時之後

一個人，在自己的房間踱步，

她以自動的手把亂髮撫平，

將一片唱盤放在留聲機上。

85. 「這音樂掠過水面爬近我的身邊」

III
The Fire Sermon

And along the Strand, up Queen Victoria Street.

O City city, I can sometimes hear

Beside a public bar in Lower Thames Street,

The pleasant whining of a mandolin

90. And a clatter and a chatter from within

Where fishmen lounge at noon: where the walls

Of Magnus Martyr hold

Inexplicable splendour of Ionian white and gold.[32]

The river sweats [33]

95. Oil and tar

The barges drift

With the turning tide

Red sails

Wide

III
火誡

沿著河濱馬路，流到維多利亞女王街。

都市喲，倫敦喲，我有時聽得到

在泰晤士河下街的酒吧旁邊，

那曼陀鈴幽美的嗚咽，

90. 以及裡邊傳來的嘈嚷和閒聊，

那是漁夫們中午蹓躂歇息的地方：

那裡瑪格納斯殉道教堂牆壁上保存著

難以說明的艾奧尼安式壯麗，純白與金黃。

　　　河面流淌著

95. 　　　油脂與瀝青

　　　漂流的遊船

　　　隨潮水漲落

　　　紅色的帆

　　　飽張著

III
The Fire Sermon

100. To leeward, swing on the heavy spar.

The barges wash

Drifting logs

Down Greenwich reach

Past the Isle of Dogs.

105. Weialala leia

Wallala leialala

Elizabeth and Leicester [34]

Beating oars

The stern was formed

110. A gilded shell

Red and gold

The brisk swell

Rippled both shores

III
火誡

100.　向著下風，在沉重的帆柱上搖動。

遊船沖擊

流木

漂向格林威治河域

經過狗島區。

105.　　　　嘿呀啦啦　　咧呀

　　　　　嘩啦啦　　咧呀啦啦

　　伊麗莎白女王與黎西斯特伯爵

以櫓擊波

船尾形成

110.　鍍金的貝殼

紅色與金黃

澎湃的波浪

激起漣漪向兩岸擴溫

III
The Fire Sermon

Southwest wind

115. Carried down stream

The peal of bells

White towers

Weialala leia

Wallala leialala

120. "Trams and dusty trees.

Highbury bore me. Richmond and Kew

Undid me.[35] By Richmond I raised my knees

Supine on the floor of a narrow canoe."

"My feet are at Moorgate, and my heart

125. Under my feet. After the event

He wept. He promised a 'new start.'

III
火誡

西南風

115. 順流而下

運走一串鐘聲

白色的塔影

　　　嘿呀啦啦　　咧呀

　　　嘩啦啦　　咧呀啦啦

120. 「電車與滿是灰塵的樹木。

海波麗生了我。立契蒙和科烏

毀了我。在立契蒙河畔我兩膝豎起

躺臥在狹長的獨木舟底。」

「我的腳在摩爾門，心被

125. 賤踏在自己的腳下。事後

他哭泣了。他答應『痛改前非』。

I made no comment. What should I resent?"

    "On Margate Sands.

I can connect

130. Nothing with nothing.

The broken fingernails of dirty hands.

My people humble people who expect

Nothing."

        la la

135.   To Carthage then I came [36]

    Burning burning burning burning [37]

O Lord Thou pluckest me out [38]

III
火誡

我無話可說。我還有什麼怨恨呢？」

　　「在瑪關海灘。

什麼是怎樣

130.　我已聯想不起來。

破裂的指甲，汙穢的手。

我的家人，我卑賤的家人，並不想望

什麼。」

　　　　啦啦

135.　　然後我來到了迦太基

　　焚身焚身焚身焚身

主喲，祢拯救我出來

III
The Fire Sermon

O Lord Thou pluckest

burning

III
火誡

主喲，祢拯救

焚身

III
The Fire Sermon

原註

21. 見史本塞〈婚前頌〉。

22. 參照莎士比亞《暴風雨》一幕二景。

23. 參照 Marvell〈給怕羞的她〉。

24. 參照 Day〈群蜂會議〉：
    「當側耳傾聽，突然傳來，
    「角笛與追獵的聲音，將亞克帖勇
    「誘到浴泉的黛安娜那裡，
    「我們都看到了裸之狩獵女神……」

25. 這幾行取自一首歌謠，其來源已不得而知；這是澳洲雪梨人告訴我的。

26. 見 Verlaine 詩〈Parsifal〉。

27. 葡萄乾被定有「抵倫敦不含運費和保險金」的價格；而提貨憑單 (B/L) 等以即付票據支付時交給買者。

28. 雖然提瑞西斯事實上不是詩中的主要人物，只是個旁觀者而已，卻是詩中最重要的角色，將其他人物聯結在一起。正像那位賣葡萄乾的獨眼商人融合在腓尼基水手中，而這個水手與那不勒斯王子費迪南是不能完全區別那樣，所有女的當作一個女人來看，而男女兩性在提瑞西斯身上合為一體。事實上，提瑞西斯所觀察的是整首詩中最精要的部分。奧維德的詩中有關這故事的部分，具有研究原始文化上極大的興趣：
    「根據故事，天神宙比特有一天喝醉了酒心情痛快，突然向宙諾女神開

III
火誡

玩笑說：『關於房事我想妳們女性的快感比男性的快感強得多。』對
這個意見女神反對了。於是這件事請賢明的提瑞西斯加以判斷。因他關
於房事經驗過了兩方的快感。那是從前當他在綠色的森林裡徘徊時，看
到了兩隻大蛇在交尾，他用棒子一打，說也奇怪，瞬間他從男性變成女
性。此後七年之間他做了女性。就在第八年他又看到了同樣的大蛇，說：
『誰打了你們誰就會變性，你們好像有這種魔力，那麼我再打你們一次
看看。』這麼說著，一棒打了下去，瞬間又變回了出生時同樣的男性了。
因有過那樣的事情，於是提瑞西斯裁判了諸神開玩笑的爭論，並且支持
了天神宙比特的意見。可是宙諾女神不管事情怎樣，豎起柳眉，一怒之
下把提瑞西斯變成目盲。神所做的事其他的神是無法消除的，所以全知
全能的天神宙比特可憐了他，為了補償提瑞西斯的失明，賦予他具有預
言能力的榮譽。」

29. 這可能與沙浮（Sappho）的詩句稍有出入，但我記得是「近海的」或「平
底輕舟的」漁夫日暮時歸來。

30. 見 Goldsmith《威克斐特牧師》中的歌。

31. 見《暴風雨》，同上。

32. 聖瑪格納斯 · 殉道教堂內部，我認為是 Waren 所建造的教堂內部中最
美的一個。見《關於十九座都市教堂拆毀的建議書》（P. S. King 社出
版）。

33. （三個）泰晤士河女的歌從此開始。她們輪流所說的話包含在二九二行
到三〇六行。見《諸神的黃昏》三幕一景。

34. 見 Froude《伊麗莎白女王》第一卷第四章「德 · 嘉屈拉致西班牙王菲
力普書」：「午後，我們乘著御座船觀看水上競技。（女王）獨自與羅
伯公卿和我本人在船尾。這時大家開始雜談，扯到最後羅伯公卿說，因

III
The Fire Sermon

我也在場要是女王願意，他們不結婚是沒有理由的。」

35. 參照《神曲·地獄篇》五章一三三行：
「請你記起我，我是比亞；
「西納生了我，馬累毀了我。」

36. 見聖奧古斯丁《懺悔錄》：「然後我來到了迦太基，那裡不淨的色慾的
大鍋在我耳際喧嚷地沸騰著。」

37. 這些取自佛陀的「火誡」（其重要性相當於基督的登山訓眾），全文見 H.
G. 華倫的《佛教翻譯》(哈佛東洋叢書)。華倫氏在西洋人中是研究佛教
的偉大先驅者之一。

38. 取自聖奧古斯丁《懺悔錄》。將這兩個代表東方與西方禁慾主義的人物
相提並論，正像本詩表現這部分的終極目的一樣，絕非偶然。

III
火誡

譯註

這一部仍然描寫荒原世界中有關慾與死的主題，不僅僅是「棋戲」的伸展，而且暴露了道德上的意義。所處理的是婚姻以外的性生活，慾火焚身的性關係。

「河流的華蓋塌落了……嫵媚的泰晤士河喲……」：

這十二行描寫泰晤士河畔的秋景。

「嫵媚的泰晤士河喲，靜靜地流著，直到我歌已盡」：

這是史本塞〈婚前頌〉中有名的疊句。史本塞的歌是對那些嫵媚的水仙唱的，而艾略特的歌是變調，是對打字員頹廢的性生活與現代人的性沒落而唱出的序曲。艾略特這種「戲仿」（Parody）的筆法，聯結遙遠的事物，以造成近代詩 Grotesque 的特徵。

「我在麗曼湖濱坐著啜泣……」：

這一行使聯想到詩篇一三七：「我們在巴比倫河邊坐著，因追想錫安而啜泣。」「麗曼」（Leman）的含義是「情婦」，暗示荒原中的河水是「慾河」。

III

The Fire Sermon

「可是在背後一陣冷風中我聽到……特魯」：

這二十二行描寫詩中的主人公在河岸上沉思的事情。

「一陣冷風」：

風無聲地吹過原野，使人想起以西結見枯骸復生的景象。可是這裡的風沒有生命的氣息，只是象徵死亡的一陣冷風。

「骸骨的摩擦聲」：

令人引起《尤利西斯》中的「地獄」的感覺。那裡老鼠竄過墳墓，送葬的行列停在都柏林煤氣廠附近，與詩中所描述的很相似。

「我在陰沉沉的運河……垂釣」：

魚在原始宗教上的象徵一如聖杯。

「冥想我兄王的舟破死難，以及在他之前我父王的死喪。」：

《暴風雨》一幕二景中拿不勒斯王子費迪南聽了愛麗兒唱的歌時說：「我坐在岸上，正哭著我父王的舟破死難。」艾略特將費迪南的話稍加改變使用著。至於「兄王的舟破死難」大概取自 Wolfram 的《Parzival》有關聖杯傳

III
火誡

中隱者的話。這個隱者的兄王便是漁夫王。這裡,漁夫王、費迪南、腓尼基水手三人正如原註中所說的「是不能完全區別的」。

「可是在背後我一再聽到,摩托車和角笛的警聲」:

Marvell 原來的詩句是:「可是在背後我時時聽到,時間的安翼馬車匆匆而來」。「角笛」見原註 24。

將亞克帕勇誘到黛安娜那裡也好,將史威尼誘到波夫人那裡也好,意味特魯與菲露美那種物慾的追逐。史威尼是庸俗的,肉慾的象徵;波夫人,貝拉多娜的化身。

「哦,波夫人……蘇達香」:

原註取自澳洲雪梨地方的歌謠。浴泉的黛安娜或波夫人使人聯想到華格納的歌劇《帕西法爾》中洗足的儀式。

當騎士帕西法爾制服了慾的誘惑,治癒了國王的創傷敬拜聖杯然後聽到「那少年合唱的歌聲來自圓頂教堂!」(見 Paul Verlaine 詩:〈Parsifal〉)

「啐啐啐……特魯」:

這是夜鶯的啼聲,荒原裡到處可以聲到的音樂。史威尼的慾望征服了帕西法爾的禁慾精神,暗示菲露美被誘姦那種事情之發生。「特魯」(Tereu)一方面諧夜鶯的泣聲,一方面指切斷夜鶯的舌頭的暴君,「那野蠻的國王」。

III
The Fire Sermon

取自李里（Lyly）的劇本《亞歷山大與康芭斯》。

「虛幻的都市……週末又請我到美脫普旅館」：

這八行從憂鬱的音樂又回到荒原中的倫敦。

這位士麥拿商人優珍尼得斯（Eugenides）底名字不管是否具有「優生」（Eugenics）的意義，現在是個墮落的角色。這個男人與第一部出現的「獨眼商人」一致。「獨眼的男人」在聖杯傳說中，是一個知道古代宗教的神秘儀式與魔術，且以此吹噓的人物。但艾略特據為象徵，與腓尼基水手聯想在一起，是慾的象徵，性墮落的代表。他是個男色之徒，將詩中的主人公誘到倫敦城外低賤的旅館，暗示第一部中所謂「他負在背上，不能給我看到的」事情。

「紫羅蘭的時刻……將一片唱盤放在留聲機上」：

前節寫的是男色，這一節處理女色：兩者的題旨都是性的沒落。

那是打字員失去貞操的事情。為了預想，觀察與批判這件事，使用了「我，提瑞西斯」這個神話裡的盲人。原註中說：「事實上，提瑞西斯所觀察的是整首詩中最精要的部分。」依據奧維德的故事，他曾經變了兩次性，因此男女間的事情，他早就經驗過了，且能綜合兩方面的經驗。

「黃昏將水手從海上帶回，人們在家路上競走」：

III
火誡

取目希臘女詩人沙浮（Sappho）的詩句。這位女詩人一向被認為是女性同性愛的代表。英語中 Lesbian Love 意謂女性間的同性愛；而 Lesbos 島即沙浮的誕生地。「將一片唱盤放在留聲機上」：在這一節中有些機械的暗示。心臟底悸動說是「人體發動機」；「留聲機」是機械的；無意識的「自動的手」也是機械的。一旦陷於機械的反應，性失去了原有的意義；而性觀念的改變，由改作 Goldsmith 的歌句中投射出來：「當可愛的女人放蕩一時之後」在《威克斐特牧師》中唯一旳路途是死。現在這位打字員放蕩一時之後，反而感到何等的空虛和無聊！

「這音樂掠過水面……焚身」：

這一段再描寫泰晤士河畔的倫敦風情，且敘述三個河女遭受汙辱的經過：仍然是慾的主題。

「這音樂掠過水面爬近我的身邊」：

這是費廸南聽了愛麗兒所唱的歌，想到父王的舟破死難時說的話。詩中的「音樂」該承上一段留聲機上唱出來的音樂。

在「泰晤士河下街」主人公聽著泰晤士河女的歌唱。詩句形式的改變表示轉折。泰晤士河再也不是靜靜地流著了。

泰晤士河女合唱的歌分成兩部，每部結束以萊茵少女的歌聲「嘿呀啦啦，咧呀，嘩啦啦，咧呀啦啦」。見華格納歌劇《諸神的黃昏》。然後一個輪一個敘述她們被騙失身的往事。

III
The Fire Sermon

「伊麗莎白女王與黎西斯特伯爵」：

這一幕使人聯想到克麗奧派特拉在西得拿斯河上最初晤見安東尼的情景。伊麗莎白女王，另一個克麗奧派特拉，事實上與波夫人是分不清的，可說都是淫佚的象徵。

三個泰晤士河女，正像《諸神的黃昏》中的三個萊茵河女，每個人都有不堪回首的往事。

第一個，雖然海波麗所生，卻毀於伊麗莎白女王的親信立契蒙和科烏。在泰晤士河上流幽美的立契蒙河畔失身。（立契蒙和科烏也是泰晤士河上流，青春戀人散步和舟遊的地方，有皇宮和公園。）

第二個，她的腳或許就是波夫人或是她女兒的腳，在倫敦城的裡門叫摩爾門的地方失身。

第三個，有著指甲破裂的汙穢的手，在泰晤士河出海口叫瑪關的地方被騙，無疑又是打字員那種事。

泰晤士河女，就這麼失去了萊茵河女的「金指環」。

「然後我來到了迦太基」：

這是禁慾的聖奧古斯丁在《懺悔錄》中的話。「焚身」的是慾火。佛陀與聖奧古斯丁為東西方最大的禁慾主義者。第三部一連串慾火焚身的事件之後，到此以東西禁慾主義者的話結束，寓意顯然。如此，為第五部「雷聲」埋下伏筆。

· IV ·

Death by Water

水死

IV
Death by Water

Phlebas the Phoenician, a fortnight dead,

Forgot the cry of gulls, and the deep sea swell

And the profit and loss.

           A current under sea

5. Picked his bones in whispers. As he rose and fell

He passed the stages of his age and youth

Entering the whirlpool.

           Gentile or Jew

O you who turn the wheel and look to windward,

10. Consider Phlebas, who was once handsome and tall as you.

IV
水死

腓烈巴斯，腓尼基人，死了兩週，

遺忘了海鷗的叫聲，深海的波濤，

以及一切損益得失。

　　　　　海底下的暗流

5. 竊竊地啃著他的骨頭。載浮載沉地

他經歷過青春到年老的階段，

捲入了漩渦。

　　　　　　基督教徒也好猶太教徒也好

你呀，望著風向轉舵的人，

10. 想想腓烈巴斯的事情吧，他曾是美男子且與你一樣高大。

IV
Death by Water

譯註

　　「水死」帶來了腓尼基水手以及慾的主題最後的結果。前三行像是腓烈巴斯的墓誌銘。費迪南預知的命運在這裡實現了。「遺忘了一切損益得失」：暗示士麥拿商人不可避免的結局。

　　據維斯頓女士的說法，水死在古代祭祀中使用著。每年在尼羅河口亞歷山大港將神的芻像投入海中，七天後再撈起來，以象徵復活。但是腓烈巴斯已經死了兩週，他的眼眸也沒有變成珍珠，骸骨反而捲入漩渦。「漩渦」要是暗示《奧德賽》中的大漩渦 Charybdis，那顯然是痛苦的命運，無異墮入地獄。那是死前曾是「美男子」的腓烈巴斯縱慾之後應得的報應吧。

· V ·

What the Thunder Said

雷語

V

What the Thunder Said

After the torchlight red on sweaty faces

After the frosty silence in the gardens

After the agony in stony places

The shouting and the crying

5. Prison and palace and reverberation

Of thunder of spring over distant mountains

He who was living is now dead

We who were living are now dying

With a little patience

10. Here is no water but only rock

Rock and no water and the sandy road

The road winding above among the mountains

Which are mountains of rock without water

If there were water we should stop and drink

· V
雷語

在火炬照紅汗淋淋的臉之後

在霜蓋滿園的靜默之後

在岩石之地的苦惱之後

叫聲與哭泣

5. 牢獄與宮殿，以及春雷

越過遠山的迴響

曾經活著的人現在死了

曾經活著的我們氣息奄奄

忍受最後的殘喘

10. 　　這裡沒有水只有岩石

沒有水只是岩石和砂路

沿山蜿蜒而上的砂路

岩石的山沒有水

假如有水我們會歇腳飲水

V

What the Thunder Said

15. Amongst the rock one cannot stop or think

Sweat is dry and feet are in the sand

If there were only water amongst the rock

Dead mountain mouth of carious teeth that cannot spit

Here one can neither stand nor lie nor sit

20. There is not even silence in the mountains

But dry sterile thunder without rain

There is not even solitude in the mountains

But red sullen faces sneer and snarl

From doors of mudcracked houses

25.   If there were water

And no rock

If there were rock

And also water

And water

V
雷語

15. 在岩石間我們無處歇腳飲水

　　汗已乾而兩腳陷入砂中

　　但願岩石間會有水

　　蛀齒的死山口中吐不出水

　　這裡站不得坐不得也躺臥不得

20. 山中甚至沒有寂靜

　　只是不毛而乾燥無雨的空雷

　　山中甚至沒有孤獨

　　只有面紅耳赤愁眉苦臉的冷笑和怒罵，

　　從泥壁龜裂的房屋門口傳來

25. 　　　　　　　　　假如有水

　　　　而沒有岩石

　　　　假如有岩石

　　　　也有水

　　　　有水

V

What the Thunder Said

30.   A spring

A pool among the rock

If there were the sound of water only

Not the cicada

And dry grass singing

35.   But sound of water over a rock

Where the hermit-thrush sings in the pine trees [39]

Drip drop drip drop drop drop drop

But there is no water

Who is the third who walks always beside you? [40]

40.   When I count, there are only you and I together

But when I look ahead up the white road

There is always another one walking beside you

Gliding wrapt in a brown mantle, hooded

V
雷語

30.　　有泉

　　　有岩間的水潭

　　　要是只有水聲

　　　沒有蟬鳴

　　　沒有枯草的吟唱

35.　　只有流過岩石的水聲

　　　伴著隱者畫眉在松間的歌唱

　　　嘀嗒嘀嗒嗒嗒嗒

　　　可是沒有水

　　　經常走在你們身邊那另一個人是誰？

40.　我數了數，只有你們和我在一起呀

　　　每當我向著白路的前方遙望

　　　總有另一個人走在你身邊

　　　穿著鳶色披風，包著頭巾滑行

V
What the Thunder Said

I do not know whether a man or a woman

45. —But who is that on the other side of you?

What is that sound high in the air

Murmur of maternal lamentation

Who are those hooded hordes swarming

Over endless plains, stumbling in cracked earth

50. Ringed by the flat horizon only

What is the city over the mountains

Cracks and reforms and bursts in the violet air

Falling towers

Jerusalem Athens Alexandria

55. Vienna London

Unreal [41]

我不知道那是男的或是女的

45. ——到底在你另一邊那個人是誰呀？

　　高空中那是什麼聲音

母性哀悼的咕噥

包著頭巾那群人是誰？他們從無垠的平野蜂擁而過

在平坦的地平線所完全包圍的

50. 裂土上跌跌撞撞，那群人是誰呀

山的那邊是什麼都市

在紫色的夕空中破裂而改造而爆破

倒塌下去的樓塔

耶路撒冷，雅典，亞歷山大城

55. 維也納，倫敦

虛幻的

V

What the Thunder Said

A woman drew her long black hair out tight

And fiddled whisper music on those strings

And bats with baby faces in the violet light

60. Whistled, and beat their wings

And crawled head downward down a blackened wall

And upside down in air were towers

Tolling reminiscent bells, that kept the hours

And voices singing out of empty cisterns and exhausted wells.

65. In this decayed hole among the mountains

In the faint moonlight, the grass is singing

Over the tumbled graves, about the chapel

There is the empty chapel, only the wind's home.

It has no windows, and the door swings,

70. Dry bones can harm no one.

V
雷語

　　一個婦人拉緊黑長髮

將低聲細語的音樂彈自如弦的髮梢

堇色的夕空中蝙蝠露出嬰兒臉

60.　拍動翅膀，發出噓噓的呼嘯

倒懸地趴在黝黑的牆壁上

倒立在空中的還有那些樓塔

敲響了追懷的鐘聲，鳴告彌撒

而歌聲來自乾涸的水塘和枯井。

65.　　　在山中這衰敗的谷間

在朦朧的月光下，雜草

颯颯吹過亂墳，在教堂附近，

那不見人影的教堂只是風的老家。

沒有窗子，而門破落動搖，

70.　枯骸傷害不了人哪。

V
What the Thunder Said

Only a cock stood on the rooftree

Co co rico co co rico

In a flash of lightning. Then a damp gust

Bringing rain

75.   Ganga was sunken, and the limp leaves

Waited for rain, while the black clouds

Gathered far distant, over Himavant.

The jungle crouched, humped in silence.

Then spoke the thunder

80. DA

Datta: [42] what have we given?

My friend, blood shaking my heart

The awful daring of a moment's surrender

Which an age of prudence can never retract

V
雷語

只有風信雞站在屋頂的脊樑上

咯咯哩咯　　咯咯哩咯

在雷電的閃光下。然後一陣潮濕的風

帶來了雨

75.　　　恆河瘦得見底了，低垂的樹葉

等待著雨，當黑雲越過遙遠的

喜馬拉雅山聚集而來。

密林蹲踞著，鬱悶而沉默。

這時雷語宣說

80.　**�'**

達陀（獻出吧）：我們獻出什麼呢？

朋友喲，獻出動搖心意的血液吧

獻出一時屈服於情慾那種可怕的冒險吧

那種不惑之年的人也無法謹慎克制的情慾喲

V

What the Thunder Said

85. By this, and this only, we have existed

Which is not to be found in our obituaries

Or in memories draped by the beneficent spider [43]

Or under seals broken by the lean solicitor

In our empty rooms

90. DA

Dayadhvam: I have heard the key

Turn in the door once and turn once only [44]

We think of the key, each in his prison

Thinking of the key, each confirms a prison

95. Only at nightfall, aethereal rumours

Revive for a moment a broken Coriolanus

DA

Damyata: The boat responded

Gaily, to the hand expert with sail and oar

V
雷語

85. 這樣，也只有這樣我們才能生存到現在

這，在訃聞上是找不到的

或在仁慈的蛛蜘吐網罩住的墓誌銘上

在空無一物的房間由削瘦律師打開的密封中

也是找不到的啊

90. 雡

達業慈梵（同情吧）：我聽到了鑰匙

在門裡轉動而且只轉動一次

我們想到鑰匙，每個人都在自己的牢獄裡

想到鑰匙，每個人都確認在牢獄裡

95. 只是在日暮時，天上的呢喃

使一個沒落英雄柯理歐勒納斯一時蘇醒

雡

達莫它（克制吧）：船輕快地反應

順著對帆和槳熟練的老手

V

What the Thunder Said

100.   The sea was calm, your heart would have responded

Gaily, when invited, beating obedient

To controlling hands

                    I sat upon the shore

Fishing, with the arid plain behind me [45]

105.   Shall I at least set my lands in order?

London Bridge is falling down falling down falling down

Poi s'ascose nel foco che gli affina [46]

Quando fiam uti chelidon [47]—O swallow swallow

Le Prince d'Aquitaine à la tour abolie [48]

110.   These fragments I have shored against my ruins

Why then Ile fit you. Hieronymo's mad againe. [49]

Datta. Dayadhvam. Damyata.

        Shantih   shantih   shantih [50]

V
雷語

100. 海上風平浪靜，你的心若被要求

一定也會輕快地反應，順從地配合

控制的操手

　　　　　　　　　我坐在岸上

垂釣，乾燥的平原延伸在背後

105. 至少我該把自己的國土收拾了吧？

倫敦橋倒塌了倒塌了倒塌了

然後他投身在淨火中消失了

我何時才能變成燕子呢——呵燕子燕子喲

阿基泰尼王子在廢墟的塔裡

110. 以這些片斷我支撐了自己的廢墟

那麼就照你的意思吧。西羅尼摩又發瘋了。

達陀。達業慈梵。達莫它。

　　　禪寂　禪寂　禪寂

原註

第五部前段所處理的主題有三：赴阿瑪塢的旅途，接近「危險的禮拜堂」（見維斯頓女士的著作）以及東歐當今的頹廢。

39. 這種鳥學名叫 Turbus aonalaschkae pallasii，鶇類，我曾在加拿大東部魁北克地方聽過這種鳥的鳴聲。Chapman 在《北美東部鳥類手冊》這本書中說：「這種鳥在人煙稀少的森林地或叢藪密集的靜僻處築巢……其鳴聲小而單調，然而聲音清純甘美，轉調悠揚，天下無雙。」所謂「水滴般的歌聲」這種美詞，洵非過言。

40. 以下幾行受到了某個南極探險家記事的啟示（哪個探險家已忘記，大概是屬於 Shackleton 的）：其中敘述有關探險隊在極度疲勞之際不斷地有一種幻覺，總比實際人數多算出一個人來。

41. 從三六七行到三七七行參照 Hermann Hesse 的「混亂的一瞥」：「歐羅巴的一半已陷於混亂狀態，至少東歐的一半是那樣。人們浸在瘋狂的昏醉中，在毀滅的邊緣且走且歌，像 Dmitri Karamasoff 那樣醉醺醺地高唱讚美歌。聖者或預言者聞歌而落淚，一般人民卻感到侮辱而苦笑。」

42. 「Datta dayadhvam damyata」（獻出吧，同情吧，克制吧）。雷神的寓意可在 *Brihadaranyaka-Upanishad* 5, 1 中找到。翻譯見 Deussen 的《吠陀的優波尼沙土六十篇》四八九頁。

43. 參照 Webster 的〈白魔〉V. vi：

V
雷語

「……他們將再結婚
在蛆蟲喰破你的屍衣之前，在蜘蛛
為你的墓碑銘掛上薄幕之前。」

44. 參照地獄三十三章四十六行：
「那時在那恐怖的塔下
我聽到釘門的聲音。」
又 F. H. Bradley《現象與現實》三四六頁：
「對外界的感覺，與思想和感情一樣，對每個人來說都是個人的。不管
怎樣，個人的經驗陷入屬於自己的圈子裡，一個對外部而言是封閉的圈
子；而以一切相同的要素，每個圈子與其周圍的圈子間是互不透明的……
要而言之，以表現在心靈中的存在而言，整個世界在每一個人的心靈中
都是特殊的，個人的。」

45. 見維斯頓女士著《從祭祀到傳奇》一書，論「漁夫王」那章。

46. 見《煉獄篇》二十六章一四八行：
「『現在，我請求你，讓美德
引導你到階梯的頂端。
請你時常記起我的痛苦。』
說完他便投身在淨火中消失了。」

47. 見《Pervigilium Veneries》。參照第二部與第三部菲露美。

48. 見 Gerard de Nerval，十四行詩〈El Desdichado〉。

49. 見吉德的《西班牙人的悲劇》。

50. 禪寂（Shantih）。附在一篇〈優波尼沙土〉末尾的套語，像這裡所重
複的那樣。這個字的意思是「超越理解的和平」。

V

What the Thunder Said

譯註

這是〈荒原〉最後的一章，介紹東方的禁慾主義文學。艾略特懂得梵文，這章便是以印度吠陀聖典中的「優波尼沙土」（Upanishad）為中心，表現荒原最後的狀態。

「在火炬照紅汗淋淋的臉之後……忍受最後的殘喘。」：

這九行表現耶穌，忍受苦難之後復活，是荒原上氣息奄奄的人們得救的唯一希望。暗示荒原成為基督教社會的希望。

「這裡沒有水只有岩石……可是沒有水」：

這二十九行描寫不毛之地的景象。精神上因水的渴求而受到磨折。主題的意象從第一部「紅色的岩石」經過「岩間美女」到「沒有水只有岩石」。

「經常走在你們身邊……另一邊那個人是誰呀？」：

這七行一方面表現荒原中身體上與精神上極度疲勞之後常有的幻覺，另一方面暗示耶穌復活之後門徒眼睛迷糊了不認識耶穌，正像平常看不出生命能從死裡復活。（見路加福音二十四章。）

V
雷語

「高空中那是什麼聲音……虛幻的」：

這十一行敘述歐洲文明的危機，東歐文化的崩潰。

「裂土上跌跌撞撞，那群人是誰呀」：

暗示游牧民族威脅歐洲，破壞都市。

「一個婦人拉緊她的黑長髮……而歌聲來自乾涸的水塘和枯井」：

這八行敘述性的頹廢與城市的破碎。「歷盡滄桑的美人」從髮梢彈出細語；嬰兒臉的蝙蝠增加了母性哀悼的挫折；樓塔倒立，池塘枯乾，正是傳道書中描述的「衰敗的日子」的景象。

「在山中這衰敗的谷間……帶來了雨」：

這十行描寫宗教的衰落。這裡所描寫的「教堂」與維斯頓女士所說的「危險的禮拜堂」結合在一起，「危險的禮拜堂」在聖杯故事中是考驗騎士的勇氣的地方，但在這裡失去了恐怖，因此也失去了意義。精神上的歸宿已經失去，教堂只是「風的老家」吧了。那「枯骸傷害不了人」的地方原是「鼠巷」。

V

What the Thunder Said

「恆河瘦得見底了……順從地配合控制的操手」：

這二十八行導向聖河，敘述「優波尼沙土」的禁慾主義。雷電交加，於是雷神訓誡，授荒原上的人民以三支杖，如此復活才有可能：

第一道命令：獻出「那種不惑之年的人也無法謹慎克制的情慾」。這是生存唯一的憑藉。

第二道命令：以同情打開驕傲所封鎖的自我的牢獄。從基督教的觀點，像但丁或密爾頓所說的，人從神或人道中孤立都是由於自大自滿。柯理歐勒納斯一般的美雄便是那樣沒落的。柯氏原為羅馬武士，因罪被國人放逐，逃匿於服爾西族中，後為服族大將，率軍征討羅馬。為避免戰火蹂躪蒼生，其妻母曾代表國人前往懇求停止爭伐，但為其驕傲和自負所拒絕。此外原註引一段哲學上的根據，強調自我孤絕阻止了獻出的可能性。

第三道命令：克制可以免於對情慾的屈服。以水手與第四部意象，強調心與意志的協調。

「我坐在岸上…… 禪寂」：

這十一行描寫生命在荒原中的意義。

詩中的主人公像漁夫王那樣又在岸上垂釣，面對著荒原思索著。以「意識流」的聯想方式加以處理。

「至少我該把自己的國土收拾了吧？」：

這個漁夫王走盡了聖杯之路卻陷於絕望的情況。像是猶大王希西家得病時，先知以賽亞對他說的：「你該收拾你的家，因你必死不能活了。」（以賽亞三十八章一節）「倫敦橋倒塌了倒塌了」：童謠中的句子。「倫敦橋」代表現代不完整的意象，荒原上的真理：「破碎的影像」。然後是一些片斷的句子，表現荒地上的苦境。煉獄中的火淨化了罪惡；為求淨化自願受苦。淨火焚燒在第三部結束時已經暗示了。「變成燕子」表現再生的主題。像阿基泰尼王子在廢塔裡等待春天，以這一點點希望支撐自己的廢墟。

「那麼就照你的意思吧」：

出自吉德的《西班牙人的悲劇》四幕一景。這是劇中西班牙王西羅尼摩的內政大臣受命在宮中演戲時說的話，就利用這個機會他達到了為他兒子復仇的目的後，自殺而死。詩中的主人公面對著荒原，所謂「你的意思」該是指雷神以梵文訴說的意思，也就是「獻出吧」「同情吧」「克制吧」。西羅尼摩所答應上演的戲中，神經質的人物說些別人所不知道的外國話。也許因此詩中故意用梵文重複雷神的三律，像是西羅尼摩的瘋話。

「禪寂」（Shantih）：

原註「超越理解的和平」。

荒原（出版一百周年紀念版）

2022年12月初版　　　　　　　　　　　　　　定價：新臺幣600元

有著作權・翻印必究

Printed in Taiwan.

著　　　者	T. S. Eliot
譯　　　者	杜　國　清
校　　　對	吳　美　滿
	吳　浩　宇
整體設計	李　偉　涵

出　版　者	聯經出版事業股份有限公司
地　　　址	新北市汐止區大同路一段369號1樓
叢書編輯電話	(02)86925588轉5319
台北聯經書房	台北市新生南路三段94號
電　　　話	(02)23620308
台中辦事處	(04)22312023
台中電子信箱	e-mail：linking2@ms42.hinet.net
印　刷　者	世和印製企業有限公司
總　經　銷	聯合發行股份有限公司
發　行　所	新北市新店區寶橋路235巷6弄6號2樓
電　　　話	(02)29178022

副總編輯	陳　逸　華
總　編　輯	涂　豐　恩
總　經　理	陳　芝　宇
社　　　長	羅　國　俊
發　行　人	林　載　爵

行政院新聞局出版事業登記證局版臺業字第0130號

聯經網址：www.linkingbooks.com.tw
電子信箱：linking@udngroup.com

國家圖書館出版品預行編目資料

荒原（出版一百周年紀念版）/ T. S. Eliot著 . 杜國清譯 . 初版 .
新北市 . 聯經 . 2022年12月 . 112面 . 12.8×18.8公分
　ISBN　978-957-08-6681-0（精裝）

873.51　　　　　　　　　　　　　　　111019982